诺奖童书

他们的乐园

〔英〕鲁德亚德·吉卜林 著　〔英〕F.H.汤森德 绘

张艳 译

人民文学出版社
PEOPLE'S LITERATURE PUBLISHING HOUSE

图书在版编目(CIP)数据

他们的乐园/(英)鲁德亚德·吉卜林著;(英)F.H.汤森德绘;张艳译.—北京:人民文学出版社,2020
(诺奖童书)
ISBN 978-7-02-015147-9

Ⅰ.①他… Ⅱ.①鲁… ②F… ③张… Ⅲ.①儿童小说-短篇小说-英国-现代 Ⅳ.①I561.84

中国版本图书馆CIP数据核字(2019)第061100号

责任编辑　甘　慧　尚　飞　王雪纯
装帧设计　汪佳诗

出版发行　人民文学出版社
社　　址　北京市朝内大街166号
邮政编码　100705
网　　址　http://www.rw-cn.com

印　　制　上海盛通时代印刷有限公司
经　　销　全国新华书店等

字　　数　21千字
开　　本　890毫米×1240毫米　1/32
印　　张　2.5
版　　次　2020年1月北京第1版
印　　次　2020年1月第1次印刷

书　　号　978-7-02-015147-9
定　　价　29.00元

如有印装质量问题,请与本社图书销售中心调换。电话:010-65233595

"我不知道没有记账棍我该怎么办?"

她扭过头,好像有人在盯着自己似的。

那孩子早就跑出了我们视线范围。

我隐约瞧见一件蓝色衬衣在灌木丛中闪过,
急忙打满转向,万幸避让及时,
令我不至就此沾上孩子的鲜血。

相信今天这种日子，孩子们肯定在附近，
而任何儿童都无法抗拒我放的东西。

"怎么把它们摆得像玩具店!"

那女人将她的围裙从头上扯下,
跪在地上,捶胸顿足。

我看见医生从小屋里走出来,
后面跟着个衣着邋遢的姑娘。

一棵黎巴嫩的雪松下,坐着一位白发苍苍的女士。

"我不知道,但这可以让人敞开心扉。对,这的确让人敞开心扉。"

"这是他们的一个房间,东西一应俱全,你瞧。"

他们一定是趁我们在通道里的时候偷溜下去的。

"你需要一盏灯以便下楼和用餐吗?"

小小的吻轻快地落在我的掌心。

"至少他们爱我。他们一定是爱我的!难道不是吗?"

孩童归来

竖琴和花冠，抑或身背鸽翼的小天使，都无法让他们展露笑颜
孩子们漫步穹顶之下，可怜兮兮，手牵着手
拉着路人艳光四射的礼服，小脸惹人怜
道出那王侯贵族也无法应许的请求——"求您让我们回家吧。"

圣母玛利亚穿过宝石铺就的地板，跑向他们，几乎是在哭泣
她跪下爱抚他们，亲吻他们，并许下承诺，带领他们走向大门
而那铁门皆由圣彼得看守，无人胆敢逾越此地
她径直从其保管中取出钥匙，将自由赋予他们

她的儿子面带微笑,目睹了一切,她对他说:
"你降生的那个夜晚,
除了我的爱和臂膀,你还渴求什么?
哦,孩子,我俩躺在黄牛鼻息下时
你可曾为了聆听天使的赞歌,推开我的乳头?"
他说:"你做得没错。"

孩子们穿越天宇,手牵手快活地跑向家的方向
目不斜视,不留恋身后摄人心魄的天堂
守卫的天神将剑插回刀鞘,因为他们接到命令:
"我怎能把孩子强留此处,违背他们的心愿?"

他们的乐园

这里的景色令人目不暇接，山丘连绵不断，横跨小郡中部。要控制住车子手刹已经够受的了，我无暇顾及方向，只能任由车子在郡里飞驰。此处你见不到东部那种平坦的兰花地，取而代之的是大片唐斯①特有的百里香草、冬青树和灰草；沿着开下去，又是低洼海滨地区典型的玉米地和无花果树丛，长势茂盛，左手边则是海岸线，整整延伸了十五英里。最后我穿过蜿蜒的弧形小山与树林，好不容易进入内陆，却发现自己来到了一个完全陌生的地方。

在华盛顿村的另一边，我发现了数座隐蔽的村庄。村里只有蜜蜂醒着，嗡嗡地绕着八十英尺高的菩提树，菩提树下是灰色的罗曼式教堂②。古朴精致的小溪从石桥下流

---

① 唐斯（The Downs）是靠近英吉利海峡的一片锚地，相邻肯特郡海岸东部。
② 罗曼式教堂盛行于欧洲中世纪，以半圆拱为特征。

过，石桥原为负担拥挤交通而建，如今却被闲置。什一税粮仓①比教堂还要大，一间老旧的铁铺竭力提醒人们，自己曾是神殿骑士们光顾的大厅。郡里的空地上金雀花、凤尾草和石楠竞相生长，延绵出一条一英里长的罗马小道，在那里我遇到许多吉卜赛人。再稍往前去，一只红狐狸在毫无遮蔽的阳光下像小狗般翻滚嬉戏，不幸被我惊扰。

随着森林山岗越来越近，我从车里站起身，试图辨别自己在唐斯的哪个方位，唐斯前端地形呈环状，在沿海乡间五十里都十分显眼。我猜想这片临海洼地会有某条向西的通道，带我驶向唐斯后方，结果却在树林里绕晕了。我急转了一次弯，一头扎进密林空处的大片阳光之中；第二次则转进了某条幽暗小道，轮胎碾过之处，净是去年枯叶相互纠缠轻语的咿呀声。头顶处高大的榛木至少几个世纪没有修剪了，栎树和山毛榉也许久没人照料，在青苔寄生下溃烂一片。这时前方突然出现一条铺满落叶的车道，枯

---

① 什一税粮仓指中世纪欧洲用来储存什一税的粮仓，什一税是欧洲封建社会时代的宗教税，指信徒必须将个人收入的十分之一上缴教会。

萎的报春花瓣如棕色的天鹅绒，闪耀着点缀其间，几株弱不禁风的白茎蓝铃随风摇曳。随着山坡渐缓，我关掉引擎，任车子滑过飞旋的叶片，等待此处园林管家的出现，却只听远处的松鸦叽叽喳喳，破坏了黄昏下树林的寂静。

往前走是下坡路，我担心误入沼泽，正准备调转方向，打算原路返回，却见阳光勾勒出前方一座不规则建筑，吸引我松开了刹车。

车子随即又开始俯冲。日光打在我的脸上，车的前轮驶进一片平滑草坪，草坪上立着紫杉木修剪成的骑手像，有十英尺高，手持十英尺长矛，还有巨大的孔雀，美丽的圆脑袋伴娘，全都由紫杉木剪成，有蓝有黑，闪闪发亮。草坪三面环林，第四面立有一座老旧的石房子，生满苔藓，饱经风吹雨打，窗户装了竖框，屋顶是玫瑰红瓦片。房屋侧面围着半圆形围墙，同样是玫瑰红色，延伸至草坪第四面尽头，围墙脚下还有成人高的箱型树篱。房顶上有窄长的砖头烟囱，停着鸽子，我还瞥见院墙后头有个八边形的鸽子屋。

我停下车，沉浸在这片无与伦比的美景中，一个骑手的绿色长矛正好抵住我的胸口。

"如果我不被当成闯入者打发走，这位骑士也不打算进攻的话，"我心想，"莎士比亚和伊丽莎白女王说不定会从那半掩的花园大门走出来，邀请我喝茶。"

房子上方的窗户里冒出一个孩子，小家伙似乎友好地挥了挥手，但不是对我，而是在呼唤同伴，另一个机灵的小脑袋马上出现了。我听见紫杉木孔雀群中传来朗朗笑声，转过身去，第一次将目光移开房子，看见树篱后的喷泉涌出一股股水流，在阳光下闪着银光。屋顶的鸽子和着水声咕咕叫，而在这两种声音间隙中，我捕捉到一阵狂喜的咯咯笑，那是孩子沉浸在小恶作剧时发出的声音。

那扇深陷厚墙的橡木门，也就是花园门，打开了一点。一个戴着巨大花农帽的女人，步履缓慢地踏上那条被岁月腐蚀的鹅卵石路，又慢慢穿过草皮。她抬起头，我发现她竟是盲人，急忙准备道歉。

"我听见了，"她说，"您是开车来的，对吧？"

"我怕是走错路了,本该在前面转向——我不是有意——"我开始解释。

"可我很高兴您来了。很高兴花园里进了辆汽车!能不能请您——"她扭过头,好像有人在盯着自己似的,"您——您还没看见其他人吧,还是见过了?"

"没和谁说过话,但远远见到几个孩子,他们似乎很感兴趣。"

"哪些孩子?"

"刚才从上面窗户那儿看到几个,在院子里貌似也听到了一个小伙子的声音。"

"哦,您真幸运!"她叫道,脸色明亮起来,"我也听到了,不过也只是听到而已。您见过他们,也听过他们的声音?"

"是的,"我回答,"据我观察,其中一个在喷泉那边玩得开心着呢。我猜他是跑出来了。"

"您喜欢小孩?"

我列举了一两个自己不讨厌孩子们的原因。

"当然了,没错,"她说,"那么您会理解的。如果我让您驾车驶过花园,一回或两回,开慢点,您不会觉得这是在犯傻吧?我相信孩子们会想看看车的。可怜的小家伙,能看的东西太少了。我努力让他们的生活丰富多彩些,可是——"她朝着树林摆摆手,"这里太与世隔绝了。"

"那一定很棒,"我说,"可我怕压坏您的草地。"

"等等,"她说着,把脸转向右侧,"我们是在南门,对吧?这些孔雀像后面有一条石板路,我们管它叫孔雀小道。据说在这里看不到,但从树林边上兜过去,在第一个孔雀那里转向,就能到石板路了。"

用轰鸣的引擎声吵醒这栋房子沉睡的前庭,这简直是犯罪,但我还是把汽车开出了草坪,沿着树林边一路驶过,转进那条宽阔的石板路,喷泉水池就立在那儿,像一颗蓝星石。

"我能上来吗?"她叫道,"不,您不用帮我。他们看见我会更开心的。"

她一点点摸到了车子前座,一只脚踏了上来,呼喊道:

他们的乐园

"看啊，孩子们！看看这是什么！"

她甜蜜的呼喊声下饱含渴望之情，能唤回地狱里迷失的灵魂，因此当紫杉木丛后传来一声回应，我也毫不吃惊了。一定是喷泉旁的孩子发出来的，但那孩子早就跑出了我们视线范围，只在喷泉水池上留下一艘玩具小船。我瞥见骑手像之间有东西闪了一闪，是他蓝色衬衣的一角。

我们如接受检阅般万分庄重地驶过小道，又按她的要求原路返回。车开回来时那孩子少了几分害怕，却依旧远远站着，看上去满腹疑问。

"小家伙在看着我们呢，"我说，"您说他愿意上来坐一程吗？"

"他们还是非常害羞，非常害羞，但您能看见他们，多幸运啊！我们听听他们的声音吧。"

我立刻停下引擎，车子陷入死寂，四周空气潮湿，浓烈的黄杨木气味弥漫四周。我能听见园丁在修剪花草，大剪刀咔嚓咔嚓地响，一阵嗡嗡蜂鸣，还有疑似鸽子断续的叫声。

"哦，真是太不友好了！"她不快地说。

"可能只是害怕引擎吧，窗口那个小姑娘看上去非常感兴趣呢。"

"是吗？"她抬起头，"我刚才不该那么说。他们真的很喜欢我。他们真心喜欢你，才让你有活下去的动力，不是吗？不敢想象这地方没了他们会变成什么样。对了，这里很漂亮吧？"

"这里是我见过最美的地方。"

"他们都这么说，其实我能感受到这点，但总归和亲眼看见不同。"

"那么您一直——"我欲言又止道。

"至少从我记事起。他们说我几个月大时就看不见了，但我一定记得些什么，不然怎能梦见颜色呢？我在梦中能看见光，也能看见颜色，却从未在梦中见过孩子们，只能听见他们的声音，这点和醒着时一样。"

"清楚梦见人脸不是一件容易事，有些人可以，而我们绝大多数都没这种天赋。"我继续说着，抬头看向窗子，那个孩子正站在窗后,却一直躲着。

"我也听说过,"她说,"他们还说人不会梦见逝者的脸,是真的吗?"

"我觉得是,不过在这之前我都没认真想过。"

"以您的经验看呢——您自己的经验?"她的一双盲眼转向我。

"我从没梦见过去世亲人的脸。"我回答道。

"那一定和瞎了眼睛一样糟。"

阳光笼罩了树林后方,将张狂的骑手像一个个吞没进自己长长的阴影中,骑手长矛由细腻的草叶剪成,此时光线正逐渐从矛上隐去,象征生命力的鲜绿一点点暗淡为灰黑。这栋房子又迎来了一天的结束,正如它迎接过去数以万计日子的逝去,此刻似乎在阴影中入睡得更安稳了。

"那您有过想梦见逝者的念头吗?"一阵沉默后她问我。

"有时非常想。"我回答说。落日余晖打向上方窗户,房里的孩子早已离开。

"啊!那么我有没有……我不太确定该不该问……您住

哪儿？"

"基本跑到郡另一头了——六十英里外，甚至更远，我必须回去了，今天没带大照明灯过来。"

"但我能感觉到天还没黑。"

"可我担心回到家时黑了，您能找人先带我回到大路吗？我已经彻底迷路了。"

"我会让马登带您去十字路口，这里太与世隔绝了，难怪您会迷路。我会带您绕到房子前面，但您能开慢点，直到离开院子吗？您不觉得这么做傻吧？"

"我保证会开慢点。"我说，发动车子沿石板路离开。

我们绕开房子左翼，那里的铸铅房檐曲曲折折，都够兜上一天了。然后我们从红墙间一座长满玫瑰的大门下驶过，绕到高大的房屋前座，那里的美丽与庄严甚至超越了后座，是我见过的最秀丽最高贵之地。

"很美对吧？"她听出我内心的狂喜，惆怅地说，"您也喜欢那些铅艺雕像吗？那后面有个旧的杜鹃花园。他们说这个地方就是专门为孩子建的。能麻烦扶我下车吗？我很乐意陪您走到十字路口，但我不能离开孩子们。是你吗，马登？想拜托你带这位先生到十字路口，他迷路了——他见过孩子们了。"

一位男管家悄无声息出现在巧夺天工的栎树木前门门口，退到一边戴上帽子。盲妇站着看向我，蓝眼睛里黯淡无光，我第一次发现她其实很漂亮。

"记住，"她轻声说，"如果真心喜欢他们，您一定会再来的。"说完便消失在房子里。

男管家坐在车里一路无言，直到驶近庄园大门，我隐约瞧见一件蓝色衬衣在灌木丛中闪过，急忙打满转向，万幸避让及时，令我不致就此沾上孩子的鲜血。

"恕我冒昧，先生，"他突然问，"您为什么要那么做？"

"那边有个孩子。"

"穿蓝衣服的男孩？"

"对。"

"他经常跑来跑去，您在喷泉边见到他了吗，先生？"

"哦，是的，见了几次。要在这里转弯吗？"

"是的,先生。那您也见到楼上的孩子们了吗?"

"楼上屋顶?见到了。"

"是在女主人出门和您说话前吗,先生?"

"在那之前没多久,为什么问这些?"

他停顿了一会儿:"只想确定——确定他们看到汽车了,先生。我相信您驾驶非常小心,但他们乱跑的话,还是可能出意外。这就到了,先生,我们到十字路口了。接下来您该知道怎么走了,谢谢您,先生,不过我们不收小费——"

"真抱歉。"我说着,赶紧把钱塞回兜里。

"噢,其他人不会拒绝小费的。再见,先生。"

他又恢复了毕恭毕敬随侍的样子,转身走进大宅子里。毫无疑问,这管家兢兢业业维护着宅子的荣誉;他乐于这么忠心耿耿地守护着这份工作,也许还因为他和这宅子里的某个女佣有了自己的孩子。

穿过十字路口标牌后,我回头看了看,起起伏伏的山岗似乎在嫉妒我的经历,交错隐瞒着房子的方位。我来到

他们的乐园

路边的农舍，询问宅子的名字，在那儿卖蜜饯的胖女人直接告诉我，开汽车的人在这不受欢迎，比起那些"到处晃悠，说话像马车夫"的人不受欢迎得多。这里可不是个礼貌待人的社区。

当晚沿着地图往回走时，我已经学聪明了。这地方在地图上似乎是个叫霍金的老农场，旧的郡县地名索引看似信息丰富，却没有收录。这座大宅名曰霍宁顿宅邸，是乔治王时代加上早期维多利亚时代风格的样式，宅外的铁饰门牌凌厉怪异。我向这里的一位居民询问——他家世代居住在此，但也只是告诉了我一个毫无意义的姓氏。

大约一个月后，我果然回去了，或者说是车子自己选择了那条路，驶过瓜果不生的唐斯，沿小山山脚下错综复杂的车道，转过一道又一道的弯。树林像一堵高墙，密叶形成天然路障，穿过树林就到了男管家上次和我告别的地方。再往前开了一会儿，车子却出毛病了，我只能转向停在了榛树林前的一片草坪上。时值夏日，林子里十分僻静。

凭借太阳方位，外加一张六英寸的军用地图，我判断自己应该在树林边那条山路上，我最初曾从山头观察过这片林子。我把修理的动静弄得很大，将闪闪发亮的一堆零件、扳手、打气筒整齐摊开摆在车毯上。相信今天这种日子，孩子们肯定在附近，而任何儿童都无法抗拒我放的东西。我会定时停下手头工作，仔细聆听，可树林里充满夏日的喧嚣（尽管已经过了鸟儿的交配期），让人一时分辨不出那些警觉的脚步声，正踏着枯叶悄声前来。我按了按喇叭，意图诱惑他们，他们却马上跑远了。我马上后悔了，孩子是多么害怕突如其来的噪声啊。埋头苦干半小时后，我听见盲妇的叫喊从树林中传出："孩子们，哦，孩子们！你们在哪里？"寂静中那叫喊伴着回声渐渐沉寂，她摸索着树干向我走来，似乎有个小孩抓着她的裙摆，可等她走近我时，那小孩便像只兔子，掉头朝密林深处跑了。

"是你吗？"她说，"郡里另一边来的人？"

"对，是我，郡里另一边来的。"

"那你怎么没经过山上的树林？他们刚才还在那里。"

他们的乐园

"他们几分钟前还在这里的。原本期望他们看到车坏了，会来看修车找乐子。"

"希望不严重。一般车子坏了是哪里出故障？"

"有五十种可能，偏偏我这辆选择了第五十一种。"

她被这小俏皮话逗得开怀大笑，笑盈盈地将帽子向后扶。

"让我听听。"她说。

"稍等，"我叫道，"我帮你找块垫子。"

她踏上堆满零件的车毯，急切地弯下腰，"这些东西多么讨人喜欢！"她摸索的手在斑驳阳光下闪耀，"这里有个盒子！还有一个！怎么把它们摆得像玩具店！"

"我承认拿出来是想吸引他们，这里有一半东西我都用不上。"

"你真好！我在山上树林听到你按喇叭了。你说他们刚才在这里？"

"千真万确。他们怎么这样害羞？穿蓝衣服的小家伙，刚才和你在一起那个，不该再害怕了呀，他像个红皮肤印第安人一直盯着我。"

"一定是你的喇叭，"她说，"下山时，我听见其中一个慌忙从我身边跑过。他们很害羞，甚至在我身边时也害羞。"她侧过脸，再次呼喊起来，"孩子们，哦，孩子们！过来看看！"

"他们肯定结伴去干自己的事了。"我说出自己的看法。

我们身后传来低声咕哝，夹杂着小孩特有的急促尖笑声。我继续修车，她倾身向前，下巴枕在手上，饶有兴趣地听着。

"他们有多少人？"我终于开口。车已经修好了，但我丝毫不愿离开。

她思考着，皱了下眉，"我不确定。"她简单地说，"有时多点，有时少点。你明白的，他们过来待在我身边，因为我爱他们。"

"那你一定很快活。"我说着，把一只工具箱放回车里，感觉到自己的回应是多么敷衍无力。

"你——你不是在笑话我吧，"她叫道，"我——我自己

他们的乐园

没有孩子,我从未结过婚。人们有时会因为他们笑话我,因为——因为——"

"因为他们很无知。"我回了话,"没什么好烦的。无知的人才会嘲笑那些与他们的无聊生活大相径庭的人或事。"

"我不知道,不然呢?我只是不希望有谁拿他们的事开玩笑,太伤人了,尤其对一个失明的人来说……我不想被当成傻瓜。"她说,下颚像孩子般轻轻颤抖,"但我觉得,我们盲人更易受伤。外界事物能一击穿透我们的灵魂,和你们不同;你们的双眼能很好地防卫,只需向外看,看清要伤害你灵魂的是什么人。人们总是忘记这点。"

我沉默不语,琢磨着这番话里蕴含的深意——基督教徒的残忍,这份残忍除了来源人类本性,还有后天习得;相比之下,西海岸黑人异教徒们却显得那么纯洁、克制。我不由得审视起自己内心。

"停下!"她突然说,用手挡住眼睛。

"停下什么?"

"那个!一片紫色和黑色!不要!那种颜色很伤人。"

"你究竟怎么知道颜色的?"我惊叫道,惊讶于这一新发现。

"颜色这个概念?"她问。

"不,你刚才看到的那些颜色。"

"你和我一样明白,"她笑了,"否则也不会问了。我不是指现实中的颜色,是指你内心的颜色——你暴怒时内心的颜色。"

"是不是暗紫色斑点,像葡萄酒和墨水混在一起?"我说。

"我没有见过墨水或葡萄酒,但我看到的颜色不是混色,是清清楚楚分开的。"

"紫色上有黑色条纹和锯齿?"

她点头。"是的,放到现实中大概是这样,"她又用手指在车毯上比画起来,"但那邪恶的颜色,比紫色更接近红色。"

"那在你看到的那种颜色上面的,又是什么颜色?"

她慢慢地向前倾身,在车毯上摸索画着椭圆。

"我能看见,"她说,用一根草茎比画,"白色、绿色、黄色、红色、紫色,但当人们生气或作恶,比如你刚才那样时,我看到的是黑红交叉。"

"一开始是谁告诉你这些的?"我询问道。

"颜色吗?没人。小时候我常常会问周围的东西是什么颜色,桌布啊,窗帘啊,或者地毯,因为有些颜色会伤到我,有些则让我开心。别人也会回答我。长大后,我学会了通过感知人们内心的色彩来认识了解他们。"说完,她又顺着那些别人看不见的椭圆摸索起来。

"全靠你自己?"我重复问了一句。

"全靠自己,没有旁人,后来才发现别人都看不见内心的颜色。"

她靠在树干上,将随意捡到的草茎打结又解开。树林里的孩子又靠近了,我用余光看见他们像几只松鼠一样在打闹。

"现在我确信你绝不会笑话我了,"一阵沉默后,她继续说下去,"也不会笑话他们。"

"天啊——当然不会!"我大叫,从思绪中抽出身,"只有野蛮人会笑话孩子,除非那个孩子也跟着一起笑。"

"我当然不是这个意思,你绝对不会嘲笑孩子,但我以为——我以前觉得——你可能会笑话他们。恕我冒昧……你会觉得什么好笑?"

我一句话没说,而她早就看透了。

"我会笑话你竟让我饶恕你的冒昧。作为这个国家最尊贵的公民和这片土地的掌管人,你完全可以履行义务,在我擅闯树林那天就以非法入侵起诉我。那天我很不应该,真是丢人。"

她看着我,这个能看穿灵魂的女人,脑袋久久枕在树干上,一动也不动。

"多奇妙呀,"她半耳语道,"多么奇妙。"

"为什么?我做了什么吗?"

"你不明白……但你明白那些颜色。你真的不明白吗?"

她的语气毫无缘由地激动起来,随后她站起身,我在一旁困惑地看着。孩子聚在荆棘丛后面围成一圈,一个漂亮的脑袋低向另一个更小的脑袋，从他们肩膀的位置，我看出他们正举起手指放在唇上。小孩子也有小孩子的重大秘密，而我一个人无助地迷失在灿烂阳光下。

"不，"我说，明知道对面那双盲眼看不见，我还是摇了摇头，"我不明白你指的是什么。但不管是什么，如果你允许我以后再来的话，或许我能慢慢搞懂。"

"你得再来，"她回答，"你一定要再来，还要到林子里走走。"

"可能到那时，孩子们便会对我有足够的了解，请允许我跟他们一起玩，就当是给予我一个恩惠。你知道孩子们是怎么样的。"

"这不是恩惠而是权利。"她说。正当我疑惑她为什么这么说时，一个衣冠不整的女人突然跌倒在道路转弯处。她披头散发，发色偏紫，奔跑时哀号不已。我定睛一看，正是那天遇见的肥胖粗鲁的果脯店女老板。盲女听到声音向前走去，"出什么事了？梅德赫斯特夫人。"她问。

那女人将围裙从头上扯下，跪在地上，捶胸顿足。她叫嚷着说她的外孙快要病死了，当地的医生外出钓鱼了，妈妈珍妮也束手无策等等，来来回回地说着，咆哮个不停。

"其他住得较近的医生在哪？"我趁她哀号间歇时问道。

"马登会告诉你。到屋子里去把他捎上。我来照料她。快去！"她半扶着那个胖女人到阴凉处。两分钟内，我在美丽庄园前座把所有喇叭都按了个遍，就像当年犹太人吹响耶利哥号角①一般。就在这当口，管家马登从储物室里急匆匆赶了出来，一探究竟。

超速行驶了十五分钟后，我们在五英里远的地方找到了一位医生。尽管医生对汽车更感兴趣，但不出半个小时，我们已经把他带到了果脯店门口。我们把车停在路边，等待诊断结果。

"真是有用的东西。"马登先生说，此刻他有些动情，一点没有冷冰冰的管家姿态，"如果我女儿生病时，我也有

---

① 耶利哥号角（the horns of Jericho）：耶利哥之战中，耶利哥之墙传说是不可摧毁的，但据《圣经》记载，犹太人围城行走七日然后一起吹号，上帝以神迹震毁城墙，使犹太军轻易攻入，而后能顺利攻入迦南。

他们的乐园

一辆的话，我的女儿就不会离我而去了。"

"怎么回事？"我疑惑地问道。

"假膜性喉炎①。马登夫人不在家。没有人知道该怎么办。我驾着租来的马车，跑了八英里去请医生。我们回来时，她已经窒息了。要是有辆车，也许她就不会死了。如果她还活着，现在也快十岁了。"

"真遗憾，"我说，"我想你一定很喜欢孩子，从上次你在十字路口和我说的话中就看得出来。"

"您有再看到他们吗，先生？今天早上。"

"看到了，但他们已经对汽车习以为常了。隔着二十英尺的距离，我没法接触到他们。"

他仔细打量着我，那眼神不像是卑微的仆人仰视高高在上的主人，而像是侦察兵在凝神观察一个陌生人。

"我想知道为什么。"他吸了一口气问道。

---

① 假膜性喉炎（Croup）是一种发生在二到四岁儿童身上的疾病。这是一种由细菌或病毒造成的上呼吸道炎症，症状包括发烧、声音沙哑、高声、剧烈的咳嗽和呼吸困难。如果该病严重影响了呼吸，则可能危及生命。

我们继续等待着。一阵清风从海边吹来,绵长的树林上下摆动,路边的草丛早已在夏日的尘埃中褪去了色泽,像灰白色的波浪般随风起伏。

一个女人正擦着手臂上的肥皂泡,从果脯店旁的小屋里走出来。

"我一直在后院里听着。"她兴高采烈地说,"他说亚瑟的情况可怕极了。你们刚刚听到他尖叫了吗?真的糟透了。马登先生,看来,下个星期珍妮该在树林里面散步了。"

马登先生谦恭地说:"恕我冒昧,但是您的外套快掉下来了。"这位妇女匆匆行了个屈膝礼,仓促离去。

"她说的'在树林里散步'是什么意思?"我问道。

"应该是这一带的某种惯用语吧。我来自诺福克①,"马登说,"他们在这个郡里很另类。她把你当成了司机,先生。"

我看见医生从小屋里走出来,后面跟着个衣着邋遢的

---

① 英格兰东部的郡名。

姑娘，她紧抓着他的手臂，好像他可以为她同死神谈判似的。

"大夫！"她恸哭着，"对我们来说，他们就和那些合法出生的孩子是一样的。对我们一样重要！一样重要！如果你拯救了他，上帝也会高兴的，大夫！别让他离开我！弗洛伦斯小姐也会这样说的！求你别放弃，大夫！"

"我知道，我知道，"医生连忙说，"但从现在开始他会安定一段时间，我们会尽快把护士和药物送过来。"他示意我把车开过去，我佯装不知接下来要发生的事，但我还是看到了那个女孩涨得通红、悲怆难耐的脸。当我们离开时，我用右手紧紧按住了自己的双膝。

那位医生不乏幽默感，因为我记得他向阿斯克勒庇俄斯①发誓这是他的车，并肆无忌惮地盗用了医神和我的名义。我们先护送梅德赫斯特夫人和盲女到病床边守着，等待护士的到来。接着，我们去了一个整洁的郡里开药方

---

① 阿斯克勒庇俄斯，古希腊神话中的医神。

（医生说病症是流行性脑脊髓膜炎①）。到达郡府大厅时，汽车让旁边的牛受了惊，当医院告知我们说目前已经没有护士时，我们立即离开郡府，在附近自行寻觅。我们与沿途各间大宅的主人们一一打听哪里可以找到护士——在郡府大道的尽头住着许多富翁，那些膀大腰圆的妇女们从她们的茶桌上大步流星地走来听这位急迫的医生在说些什么。一棵黎巴嫩雪松下，坐着一位白发苍苍的女士，她身边围绕着一群高大威猛的波索尔犬②——这里人人都对汽车满怀敌意——最终，医生毕恭毕敬地从她手里接过一张手写的文书，那神情就像从公主的手中接过赏赐一般。紧接着，我们满速行驶，穿过一个公园，奔波了数英里，来到一座法式修道院前。在这儿，我们呈上文书，接到了一位脸色苍白、颤颤巍巍的修女。她跪在汽车后面的座垫上，一直手握念珠诵念经文。

---

① 简称流脑。是由脑膜炎双球菌引起的化脓性脑膜炎。
② 又称俄罗斯猎狼犬或苏俄牧羊犬，美丽高雅，这种犬在俄国仅为贵族饲养，贵族之间当作礼物互相馈赠。

他们的乐园

在医生的指引下，我们走捷径把修女带到了果脯店。这是一个漫长的下午，所有疯狂的事件就像车轮上的尘埃一样，扬起又消散。原本遥不可及、毫无瓜葛的人和事就这么不可思议地交叉相遇了。

黄昏时分，我筋疲力尽地回家了。我似乎梦到了横冲直撞的野牛，走在墓园中吃惊得睁大双眼的修女，树荫下惬意的茶会，医院里弥漫着石炭味的灰漆的走廊，树林里羞涩的孩子的脚步声，还有当汽车发动时紧紧握住膝盖的我的手。

我本打算一两天后回去，但命运却以各种各样的理由让我远离郡的那一边。直到野玫瑰都结了果，终于迎来了一个阳光灿烂的日子，西南方的阴霾一扫而尽，远处的山峦清晰可见，仿佛触手可及。那天天气不太稳定，空中高挂着薄云。我刚好闲来无事，于是发动车子，第三次走上那条熟悉的道路。当我到达唐斯山顶时，我发现原本温和的空气变了，它像一层薄釉蒙蔽在骄阳之下。俯瞰大海，那一瞬间，我看见蓝色的英吉利海峡银光闪闪，又像暗淡的钢铁，最后变成暗沉的青灰色。一艘满载的紧靠海岸的运煤船向更深的海域驶去，在铜色迷雾中，船帆在锚定的渔船队列里一叶接一叶地升起。在我身后一个深邃的溪谷里，突然一阵疾风吹过庇荫的橡树，秋天的第一片枯叶随之回旋飞舞。当我到达海边时，海上的雾气弥漫在砖瓦上，潮水诉说着韦桑岛① 外狂风的呼啸。不到一小时，英格兰的夏天就消失在了灰冷的天空中。这里再一次成为北方的禁闭岛，世界上所有的船只都在我们这扇充满了危险的门外咆哮着，这咆哮之间，还充斥着几只迷茫的海鸥的尖叫声。水滴从我的帽檐上滴下，有的被车垫的褶皱围成了小水塘，有的聚成了小溪流淌着，咸咸的盐霜粘在我的嘴唇上。

在内陆，秋天的气息满载着浓密的雾气笼罩着树林，一开始的水滴渐渐变成了连续的阵雨。然而，那些迟来的

---

① 法国菲尼斯泰尔省的岩石岛。位于布列塔尼半岛西端西面。岛上的灯塔是英吉利海峡南口的标志。

他们的乐园

花朵——路旁的锦葵，田野里的轮峰菊，花园里的大丽花——却在迷雾中熠熠生辉。除了海洋的气息，这里没有任何叶子腐烂的迹象。村舍都敞着门，孩子们赤裸着双腿，光着头，悠闲地坐在潮湿的门阶上，对着来往的陌生人大喊着："哗——哗——"

我冒昧地去了果脯店，梅德赫斯夫人用胖女人的热情和眼泪迎接了我。她告诉我，珍妮的孩子在修女到来两天后就离世了。尽管保险公司以种种她弄不明白的理由，拒绝为这样来历不明的弃儿提供理赔，但她觉得整件事情最终了结得还算不错。"尽管亚瑟不是珍妮怀胎十月生下来的——就像珍妮是我怀胎十月生下来的一样——但珍妮待他犹如亲生。"多亏有弗洛伦斯小姐，孩子很体面地下葬了。在梅德赫斯夫人看来，葬礼的规模足以弥补他那不光彩的出生所带来的耻辱。她向我描述着棺材的里里外外，玻璃灵柩和长青的坟墓衬里。

"孩子的母亲呢？"我问。

"你说珍妮？噢，她会挺过去的。我也曾经历过一两次这样的悲痛。我知道她会挺过去的。她在树林里散步呢。"

"在这种天气去散步？"

梅德赫斯夫人眯着眼睛从柜台后面看着我。

"我不知道，但这可以让人敞开心扉。对，这的确让人敞开心扉。从长远来说，孩子的降临和逝去是如此相似，我们这样认为。"现在这老妇人比神父更有智慧，这道"神谕"让我开车上路时思绪不断延展，差点撞到了美丽庄园大门外树林拐角处的一个女人和一个孩子。

"糟糕的天气！"我把车速降到最低以便转弯。

"没那么糟糕，"她在薄雾中平静地回话，"我已习惯了这天气，我想，你在屋内会比较舒服。"

屋内，马登以专业的礼貌接待了我，还亲切地询问起汽车发动机的状况，并打算用布把车盖好。

我在一间安静的栗色大厅里等候着，愉悦地享受着晚花的芬芳和上好木柴带来的温暖，这真是一个氛围平静温馨的好地方。（有时候，男人和女人在付出一番巨大努力之后，可能伪装成值得信赖的样子；但他们的房子，就像他

他们的乐园

们的宫殿，最能说明住在里面的人过着怎样的生活。）一辆儿童推车和一只玩偶躺在黑白相间的地板上，一块地毯被踢翻了过来。一定是有小孩为了躲藏而匆忙跑过。也许是从旋转楼梯转过许多台阶跑下来，爬出大厅，或是蹲伏在雕有狮子和玫瑰的楼梯走廊后面偷偷凝视着。接着我听到她的歌声从楼上飘来，就像盲人的歌声一样使人震撼，是来自灵魂的歌唱——

在那快乐的果园里。

在这歌声的召唤下，初夏来访的那些记忆又回来了。

在那快乐的果园里，
上帝保佑我们收获的一切，
也愿上帝保佑我们失去的一切，
会让我们过得更好。

她把第五句降了调,又唱了一遍:

会让我们过得更好!

她背靠走廊,交叉的双手在橡木的衬托下如珍珠般白皙。

"是你吗?从郡里的另一边来的?"她问。

"是的,正是我,从郡里的另一边来的。"我笑着说。

"距离你上次过来已经好久了,"她跑下楼梯,一只手轻轻抚摸着宽宽的栏杆,"两个月零四天了。夏天都过去了!"

"我之前打算来的,但总身不由己。"

"我理解的。请拨一拨炉火。他们不让我靠近壁炉,但我能感受到它快熄灭了。拨一拨它吧!"

我看了看深嵌的壁炉两边,发现了一根半焦的树篱木桩,我用它把一根黑色原木推到炉心的火焰上。

"它从不熄灭,无论昼夜,"她说,好像在解释,"以防

他们的乐园

有人冻着脚进来，你明白的。"

"这里面比外面还要好看。"我喃喃自语。红色的火光沿着岁月打磨过的暗沉无光的板砖洒落，画廊上都铎王朝的玫瑰和狮子雕像清晰可见，惟妙惟肖。一面古老的鹰顶凸面镜把这神秘的画面集聚到镜面中央，火光闪烁之间，镜子重新扭曲了已被扭曲的阴影，将走廊的线条弯曲成船形的弧线。雾晕渐渐散去，变成缕缕雾丝，一天就这样在飓风中过去了。透过没挂窗帘的宽大窗户，可以看到英姿飒爽的马术师们从草坪后方迎风而来，风儿卷着大量的枯叶扑打在他们身上。

"是的，它肯定漂亮极了，"她说，"你想看看吗？天色还不晚。"

我跟随她走上结实的、宽阔得像马车般的楼梯，来到走廊，几扇伊丽莎白时代的老式木门敞开着，门上还有浅浅的装饰凹纹。

"你看他们为了方便孩子们，把门闩安得多低啊。"她朝里推开了一扇小门。

"对了，孩子们在哪呢？"我问，"我今天还没听到他们说话。"

她没有马上回答我。过了一会儿，她才温柔地回复："我只能听见他们的声音。这是他们的一个房间，东西一应俱全，你瞧。"

她指向一间木质结构的房间。那里有低矮的桌子和儿童座椅。一个摆满洋娃娃的玩偶房，带钩锁的前门半开着，玩偶房正对着一只斑驳的木马。木马坐垫的高度刚好够孩子们爬到宽阔的飘窗，从窗边可以俯瞰草坪。一把玩具手枪躺在角落里，旁边是一门闪闪发亮的玩具大炮。

"显然，他们只是刚走。"我轻声说。在昏暗的灯光下，一扇门轻微地发出咯吱的声音。我听到了连衣裙的沙沙声和一阵急促的脚步声——快速地穿过了房间。

"我听到了！"她得意地大叫，"你听到了吗？孩子们，噢，孩子们！你们在哪？"

她的声音如此动听，墙壁把每个音符都充满爱意地传播开去。

他们的乐园

　　但并没有传来像我曾在花园中听到过的回应。我们匆匆地从这个房间走到另一个铺着橡木的房间；从这儿往上走一步，在那儿向下走三步；在迷宫般的走廊里，我们总是被我们追逐的目标嘲笑。我们就像一只雪貂，在满是通道的养兔场里，徒劳地寻觅着四处乱窜的兔子。墙上有无数的螺栓孔，有许多凹进去的地方，还有许多现在已经填满了的有过深洞的破窗，有了这些，他们就可以从我们后面钻出来；还有废弃的壁炉，都镶嵌在六英尺深的砖墙内，以及那些杂乱的通信门。最重要的是，在这场游戏中，他们借助暮光占尽先机。我听到一两声躲避时发出的欢乐的笑声，也有一两次，我看见一个孩子的连衣裙映在走廊尽头的某个昏暗的窗户上形成的剪影；我们最终空手而归回到走廊上，正逢一位中年妇女在壁龛里点灯。

　　"没有，我今晚也没见过她，弗洛伦斯小姐，"她说道，"对了，特平先生说他想和你当面谈谈牲口棚的事。"

　　"噢，特平先生一定非常想见我。请他到大厅来吧，马登夫人。"

我俯视大厅,那里只有暗淡的炉火亮着。终于,在光影深处,我看到了孩子们。他们一定是趁我们在通道里的时候偷溜下去的,现在他们自以为在老旧的有着装饰纹样的皮革屏风后面躲藏得天衣无缝。按照孩子们的法则,我徒劳的追逐就是一个完美的开场白。既然我已经费了九牛二虎之力,我决定试试孩子们最讨厌的诡计——假装没看到他们——来强迫他们自动现身。他们躺成一团,紧紧依偎,黑暗中就像一块块的小阴影,偶尔一星半点小火苗掠过,才能依稀看清孩子们的轮廓。

"我们喝点茶吧。"她说,"我该吩咐他们早点上茶的。可是有人不识趣,以为自己很——特别,不合时宜地跑来打扰我这样一个独居的女人。"她声音中充满鄙夷,"你需要一盏灯以便下楼和用餐吗?""有灯会方便得多,我想。"我们走下楼,来到孩子们可爱的藏身之处,厅里黑漆漆的,马登端来了茶。

我在屏风附近找了把椅子坐了下来,假装不知道孩子们的所在,随时准备吓吓孩子或者佯装被他们吓到,要是

他们的乐园

盲女不反对这游戏继续的话。壁炉是家里的圣地,我得到盲女的允许,俯身拨弄起炉火来。

"你从哪弄到这些漂亮的柴火棍的?"我随口一问。

"噢,原来它们是记账棍呢!"

"对。因为我没办法读写,所以只能用记账棍来管理账目。给我一根,我告诉你它代表什么意思。"

我递给她一根没有烧过的淡褐色记账棍,约有一英尺长,她用大拇指摸索着上面的凹痕。

"这是去年四月家庭农场的牛奶记录,单位是加仑,"她说,"我不知道没有记账棍我该怎么办。这是一个林务官教我用的。对于其他人来说这个方法已经过时了,但我的租客都用它。有个租客正要来看我。噢,不要紧的。他在非办公时间来谈公事,就别想办成事!他是个贪心愚蠢的人,非常贪心,否则他不会在天黑后还来这儿。"

"你有很多土地吗?"

"只剩几百英亩的土地,感谢上帝。另外六百英亩在我接手之前都租给了熟识的世交。这位特平是新来的,他简直就是个江洋大盗。"

"你觉得我该不该……"

"不。你有权利在场。他没有孩子。"

"啊!孩子们!"我边说边把低矮的椅子往后挪,差点就要碰到孩子们躲藏的那块屏风了,"我想知道他们会不会因为我而钻出来。"

一阵低语声从低矮漆黑的侧门后传来,是马登的声音和一个更加低沉的嗓音。一个红头发、戴着帆布护腿的大个子,被绊了一下或是被推了进来,他显然就是那佃户。

"到火炉边来,特平先生。"她说。

"如果……如果您愿意的话,小姐,我……我站在门边就好。"他像个受惊的孩子,紧紧抓着门闩。那一刻,我意识到他正陷入无法抗拒的深深恐惧之中。

"好吧,什么事?"

"就是给公牛新起牛棚的事情,就这事。秋天的第一场暴风雨就要来了……但我还会再来的,小姐。"他的牙齿咯咯直响,堪比吱吱呀呀的门闩。

"我不同意，"她平静地回答，"至于新牛棚，嗯……我的代理人十五号那天给你写什么了？"

"我……我想如果我面……面对面讲可能会好些，小姐，但……"

特平惊恐地扫视着房间的每个角落。他将门半开着，但我注意到门很快被关上了，而且是从外面重重地关上的。

"他写的就是我想说的，"她继续说话，"你已经超额饲养牲畜了。即使在怀特先生时期，唐纳农场的公牛也从未超过五十头；而且他会经常施肥，你已经养了六十七头了，却从不施肥。在这一点上，你已经违约了。农场的肥力即将被你耗尽。"

"下……下周，我会采购一些矿物和化肥的。我已经定好一卡车肥料了，明天我会去城里看看。然后再来和您面谈，小姐，我白天再来……那位先生，不会走的，是吗？"他几乎是尖叫着说。

我只是把椅子往后稍稍挪了挪，伸手去拍背后屏风上的皮饰，但特平却吓得像老鼠一样跳了起来。

"是的，他不会走的。听我说，特平先生。"她在椅子上转过身来，面向背对着门的特平，逼他坦白了他那居心叵测的老把戏。尽管她已说得很清楚了，他已经把肥沃的农场榨取得骨瘦如柴了，但他居然为了建造新牛棚而向她开口要钱，还可能用莫须有的肥料来估价抵付下一年的租金。我对他的贪婪与无耻佩服得五体投地，尽管已经吓得额头直冒冷汗了，他还不打算收手。

我停止拍打身后的屏风，实际上，我在计算牛棚的花销。这时，我感觉到停止拍打的那只手，被一双柔嫩的小手拉了起来轻轻摸索着。我终于胜利了。再过一会儿，我就转过身去，去熟悉一下那些脚步敏捷又喜欢四处漫步的小家伙们……

突然，一个小小的吻轻快地落在我的掌心。曾经我也收到过这样的吻，还被要求把手指合上。那个吻，是等待的孩子释放出来的信号——很爱你但又带有半分责备。即使在大人最忙的时候，他也会这么做，因为孩子不喜欢被忽视。这就是大人和孩子们之间亘古不变的交流方式之一。

他们的乐园

那一刻我终于明白了。在第一天我来到这里，隔着草地望向那高高的窗户时，我就应该明白的。

门关上了。盲女默默地转过身来，我想她也知道了。

在这之后，不知过了多久，直到有根烧火用的木棍掉了下来把我惊醒，我才起身木讷地把它放回去，然后重新回到屏风附近的椅子上。

"现在你明白了。"她轻声说，声音穿过重重阴影。

"是的，现在我明白了。谢谢你。"

"我……我只能听见他们的声音。"她把头埋在双手里，"我没有权利爱他们，你知道吗，没有权利。我从没生过孩子，也没失去过孩子！我从没生过孩子，也没失去过孩子！"

"那样多好啊。"我说着，感觉自己的灵魂已经被撕裂。

"请原谅！"她说。

她一动不动，而我回忆起了我的悲伤与快乐。

"只是因为我很爱他们，"最后，她心碎不已地说道，"这就是我会这样做的原因。从一开始，甚至在我知道真相之前，他们……他们本该是我拥有的一切。我爱他们！"

她在阴影中伸出双臂，阴影里还是阴影。

"他们来这儿是因为我爱他们，因为我需要他们。我，我必须让他们来。这有错吗，你觉得？我做错了吗？"

"不，不！"

"我，我承认那玩偶，和……和所有的东西都是假象，但是，但是我小时候很讨厌空洞洞的房间。"她指着走廊，"所有的过道都是空的……要是花园大门再紧闭的话，我怎么受得了？除非……"

"不要！看在上帝的分上，千万不要！"我大声喊道。黄昏时分，下起了一场冷雨。狂风暴雨打在铅制的窗户上。

"让炉火整夜不熄，也是同样的缘由。我认为这么做并不愚蠢，你说呢？"

我看着那宽阔的砖砌壁台，透过泪水，我发现壁炉四周没有铁栏杆，于是把头低了下去。

"我所做的这一切还有许多其他的事情，只是为了让孩子们相信。只有那样，他们才会过来。我才能听见他们的声音。我一直以为他们是只属于我的，直到马登夫人告诉我……"

"管家的妻子？告诉你什么？"

"我所听到的孩子之中，有一个，她认得。是她的孩子！不是我的！起初我并不知道，也许我还嫉妒过。后来，我开始明白，那只是因为我爱他们，并不是因为……噢，我要么生孩子要么失去他们。"她凄楚地说着，"别无选择。至少他们爱我。他们一定是爱我的！难道不是吗？"

房间里除了炉火燃烧的噼啪声，没有别的声音。我们两人专心聆听着，而她，至少，从听到的声音中得到了些许宽慰。她平静下来，半坐起身子。我仍静静地坐在屏风旁的椅子上。

"不要觉得我像个可怜的怨妇一般在这里自怨自艾，但是，我生活在黑暗孤独之中是因为我看不见，你明白吗？而你看得见。"

的确，我明白她的意思。我的所见坚定了我不会再来的决心，尽管从内心来讲我会痛苦不堪。我还想多待一会儿，因为以后我再也不会来了。

"所以，你认为这不对吗？"她号啕大哭，尽管我什么也没说。

"不是你的错。绝对不是。对你来说那是对的……我对你的感激之情溢于言表。对我来说，这不对。只是对我而言……不对……"

"为什么？"她说着，把手放在面前，就像之前在丛林里第二次见面时那样。"噢，我懂了。"她像个孩子般继续说着，"对你来说，这不对。"她轻笑了一声，"你还记得吗，第一次见面时，我曾说过你很幸运。你以后肯定不会再来了！"

她留我一人在屏风旁的椅子上多坐了一会儿，我听见她的脚步声在走廊上回荡，越来越轻，直至消失。

诺奖童书

1. 许愿树　　　　　　〔美〕威廉·福克纳
2. 夜莺之歌　　　　　〔法〕勒克莱齐奥
3. 树国之旅　　　　　〔法〕勒克莱齐奥
4. 如梦初醒　　　　　〔英〕高尔斯华绥
5. 我的小狗　　　　　〔英〕高尔斯华绥
6. 爱尔兰童话故事　　〔爱尔兰〕叶芝
7. 原来如此的故事　　〔英〕吉卜林
8. 奇幻森林　　　　　〔英〕吉卜林
9. 红襟鸟　　　　　　〔瑞典〕塞尔玛·拉格洛芙
10. 蜜蜂的生活　　　　〔比〕梅特林克
11. 白海豹　　　　　　〔英〕吉卜林
12. 我们的朋友狗狗　　〔比〕梅特林克
13. 泰戈尔经典诗集　　〔印〕泰戈尔
14. 蜜蜂公主　　　　　〔法〕阿纳托尔·法郎士
15. 青鸟　　　　　　　〔比〕梅特林克

诺奖童书

16. 青鸟：续篇　　　　　〔比〕梅特林克
17. 尼尔斯骑鹅历险记　　〔瑞典〕塞尔玛·拉格洛芙
18. 大地的孩子　　　　　〔丹〕亨利克·彭托皮丹
19. 擅长装扮的老猫经　　〔美〕艾略特
20. 老人与海　　　　　　〔美〕海明威
21. 柴堆旁的男孩　　　　〔英〕吉卜林
22. 他们的乐园　　　　　〔英〕吉卜林
23. 孩子们的那些事儿　　〔法〕阿纳托尔·法郎士